Marcel GUILLEMAUD

Rien des Agences

COMÉDIE EN UN ACTE

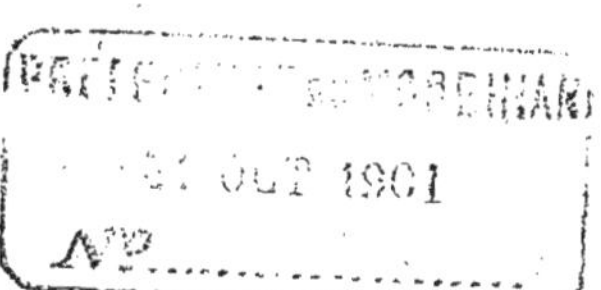

Représentée pour la première fois au Concert de la GAITÉ-MONTPARNASSE le 2 août 1901.

Et au CONCERT PARISIEN, le 11 octobre 1901.

DISTRIBUTION

3 H.   2 F.

VISA DU 1ᵉʳ AOÛT 1901

PARIS

C. JOUBERT, Éditeur. 25, rue d'Hauteville.

Anciennes Maisons BRANDUS & JOUBERT réunies

C. JOUBERT, Successeur

ÉDITEUR DE MUSIQUE

PARIS. — 25, Rue d'Hauteville, 25. — PARIS

RÉPERTOIRE

DES OUVRAGES DE CONCERT EN UN ACTE

ABRÉVIATIONS : D. Veut dire du répertoire de la Société Dramatique, 8, rue Hippolyte Lebas. — Le surplus appartient au répertoire de la Société Lyrique, 10, rue Chaptal.

LOC. Veut dire : La musique n'est qu'en location et ne se vend pas.

Opérettes et Vaudevilles de Concert

AUTEURS	TITRES DES ŒUVRES	Hommes	Femm	Prix nets
Saint-Maurice.	Abricot (L') d	troupe	»	loc.
D. Campisiano.	Absalon	2	1	6 »
Vallès-Garnier.	Affaire Cœurdeveau (L')	5	1	loc.
St-Paul-G. Rose fils.	Agence est au-dessus (L')	3	3	
F. Bernicat.	Agence Rabourdin (L')	1	1	5 »
Japy.	A huitaine	troupe	»	5 »
C. Roland.	Aiguilleur (L') d	1	1	loc.
L. Bouvet.	Ami Chambard-l (L')	3	1	loc.
Bessière-Ruffier.	Ami Vandière (L) d	7	6	loc.
Lebreton.	Amour à coups de poings (L')	2	2	loc.
Lebreton-St-Paul.	Amour en dentelles (L')	2	2	loc.
G. Street.	Amour en livrée (L')	3	1	5 »
Desormes.	Amour et l'appétit (L')	1	1	4 »
Vallès-Garnier.	Amour et sauvetage	3	2	loc.
A. Petit.	Amoureux d'Yvonne (Les) d	5	3	loc.
V. Roger.	Amour Quinze-Vingt (L')	3	1	4 »
Botila, Boulay-Layrice.	Amours d'un piston (Les)	3	2	loc.
Desormes.	Antoine et Cléopâtre d	2	1	4 »
Bessier-Moreau.	Aphrodites (Les) d	1	8	loc.
Dorfeuil-Moreau.	Après la vie de Bohême d	troupe	»	loc.
L. Bouvet.	A propos de bottes	2	»	loc.
J. Emmecé.	A qui le gosse ?	troupe	»	loc.
Monnery-Marien.	Argot tel qu'on le parle (L')	5	1	loc.
M. Chautagne.	Arracheuse de dents (L')	2	1	4 »
Meurel, Roydel, Monjardin	Artistes pour rire d	6	4	loc.
Géraldy.	Ascension du Mont-Blanc (L')	1	1	4 »
L. Martin-Duhem	Auberge du Tambour battant (L')	2	2	loc.
Dudot-de Gorsse	Au Chat qui pelote d	troupe	»	loc.
Banès.	Au Coq huppé	3	2	5 »
Uzès.	Au soleil d'or d	3	2	6 »
Lebreton-Moreau	Au temps des cerises d	5	3	loc.
Guérineau.	Auteur par amour	1	2	5 »
Lebreton-Moreau	Autour d'une guérite d	3	2	loc.
Henry Moreau	Avant le bal	1	1	3 »
Colange, Garofalo, Combrel	Baba Bouzouck d	5	6	loc.
Deransart.	Baigneur et nageuse	1	3	loc.
Antigeon, Dourel-Roydel	Baigneuses de Cocotteville (Les)	5	9	loc.
Lesurre.	Barbe-Bleue	1	»	2 »
Raicée-Tranchant.	Bataillon Desroches (Le) d	10	10	loc.
Antigeon-Despiau.	Battage (Le)	2	1	loc.
A. Moyne.	Béguin d	2	1	loc.
Mestre-Aubry.	Belle Dinde (La)	9	11	loc.
Lebreton-St-Paul.	Belle-mère est sans pitié (La)	2	2	loc.
Moreau-Touzé.	Belle-mère, nouveau jeu	1	2	loc.
Wachs.	Bibi ou l'Enfant de l'Amour	1	1	4 »
Cellier-Joullot.	Boudoir discret	2	1	loc.
Moreau-Gramet.	Bougnol et Bougnol	4	2	loc.
Villebichot.	Boum ! Servez chaud	3	2	4 »
Hubans.	Brelan de bègues	3	1	5 »
F. Bernicat.	Cadets de Gascogne	troupe	»	7 »
Banès.	Cadiguette (La)	1	1	5 »
Lebreton.	Coïn	3	2	loc.
Javelot.	Calino amoureux	2	1	3 »
Lebreton et Soudant.	Camelots (Les)	6	5	loc.
Chevalet-Audray	Canne d'un grand homme (La) d	2	2	loc.
Lebreton-Moreau	Ça porte bonheur	5	3	loc.
V. Herpin.	Capricorne (Le)	troupe	»	
F. Barbier.	Carmagnole (La)	3	3	5 »
Lebreton-Moreau	Carnaval conjugal (Le) d	9	9	loc.
A. Berthon	Carnaval des 4 z'arts	6	2	loc.
Antigeon-Despiau	Cascadin et Cie	6	5	loc.
Chaband, Colange Tranchant	Ce pauvre Bobinet	2	1	loc.
E. Soudant	Ces canailles de couturières! d	6	6	loc.
Chelu	Chambre à louer	1	1	
Cuvillier	Chambre à part d	4	2	loc.
Henry Moreau	Chambre de bonne d	3	2	loc.
V. Roger	Chanson des Ecus (La)	3	1	4 »
P. Henrion	Chanteuse par amour (La) d	»	1	6 »
E. André	Chaos (Le)	1	1	4 »
Moreau-Boucherat	Chasse royale d	troupe	»	loc.
Lebreton-Moreau	Chasseurs Alpins (Les) d	6	6	loc.
Cieutat	Chaste Suzanne (La) d	troupe	»	4 »
H. Gilbert	Chaste Suzanne			
Yvel	Chéri des Dames	troupe		loc.
Dourel, Roydel, E. René	Chevalier Tric-Trac (Le)	2	8	loc.
Dourel-Roydel	Chez la Costumière d	troupe	»	loc.
Meynard	Chez le dentiste	3	1	8 »
Lhuillier	Chez les Corniquet	1	»	1 »
C. Rosenquest	Chicard et Béhé	1	1	4 »
Bomier	Chien et Chat d	4	1	5 »
Boulay-Layrice	Choc en retour d	2	2	loc.
Moreau-Gramet	Cinq contre un	3	3	loc.
E. Brasseur-L.T.	Circulaire du Préfet (La)	6	2	loc.
Villebichot	Cirque Ponger's (Le)	troupe	»	6 »
Bessière	Clou (Le)	2	2	loc.
L. Collin	Coco Bel-Œil	3	1	6 »
A. Petit	Cocotte et chiffonnier	1	1	5 »
Villemer Delormel Péricaud	Colosse de Rhodes (Le)	3	»	4 »
A. Petit	Confections pour dames	2	4	5 »
L. Bouvet-Schmoll	Congrès des Cocottes (Le)	5	7	loc.
Lebreton-Moreau	Conscrits bretons (Les) d	7	5	3 »
L. Collin	Conscrit tyrolien (Le)	1	1	3 »
E. Brasseur	Constat d'adultère d	6	3	loc.
Habrekorn et P. Marc	Contes de Piron (Les)	2	10	loc.
Lebreton-Moreau	Contrôleur des Wagons-Bars (Le)	5	3	loc.
Lebreton-Moreau	Cote et Cocottes	4	4	3 »
C. Roland	Courroie (La)	2	1	loc.
J. Darc et G. Habrekorn	Course aux pantalons (La) d	6	4	loc.
Guillemand-de Marsan	Culotte à l'envers (La) d	15	10	loc.
De Rozo et d'Arsay	Culotte du marié (scène) (La)	1	»	1 »
Saint-Paul	Dame aux bluets (La)	2	2	loc.
Lebreton-Moreau	Dans cent ans d	troupe	»	loc.
Pierre Achard	Dans l'Escalier	2	1	loc.
Sourilas	Dégrafée d	3	3	5 »
Mestre-Aubry	Demoiselle des Martigues (La)	3	10	loc.
Collier-Gramet	Demoiselles Plumemboy (Les)	3	4	loc.
Marc, Sanal-Pierre Laure)	Départ du régiment (Le) d	5	10	loc.
St-Paul-G. Rose fils	Dernière carotte (La)	3	2	loc.
L. Lefèvre	Dernier verre (Le)	2	1	4
F. Barbier	Deux amours de chandeliers	1	1	5 »
F. Matz	Deux avares (Les) d	2	1	8 »
Ch. Hubans	Deux coqs vivaient en paix	2	1	6 »
F. Gracia	Deux estafiers (Les)	2	»	2 »
Vallès-Garnier	Deux femmes de M. Grochose (Les)	3	2	loc.
M. Chautagne	Deux muses (Les)	2	»	4 »
F. Barbier	Deux parfaits notaires (Les)	2	»	4 »
Hervé-Lecocq	Deux portières pour un cordon d	3	»	4 »
Moreau-Boucherat	Diable au Moulin (Le)	4	8	loc.

Marcel GUILLEMAUD

Rien des Agences

COMÉDIE EN UN ACTE

Représentée pour la première fois au Concert de la GAITÉ-MONTPARNASSE
le 2 août 1901.
Et au CONCERT PARISIEN, le 11 octobre 1901.

DISTRIBUTION
3 H.   2 F.
VISA DU 1ᵉʳ AOÛT 1901

PARIS
C. JOUBERT, Éditeur. 25, rue d'Hauteville.

SOCIÉTÉ DRAMATIQUE
Tous droits d'audition, de représentation et de traduction réservés.

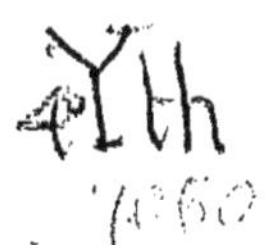

RIEN DES AGENCES

COMÉDIE EN UN ACTE

Représentée pour la première fois, à la GAITÉ-MONTPARNASSE le 2 août 1901

et au Concert-Parisien, le 11 octobre 1901

PERSONNAGES

	Gaîté Montparnas	Concert Parisien.
DUCREUX DES AUBERGETTES, 5o ans	MM. Moiroud.	MM. Silvin.
ROBERT, 35 ans	Darvel.	Darvel.
OSCAR, 3o ans	Gibert.	Duval.
MADAME DUCREUX DES AUBERGETTES, 4o ans .	Mlles Bluetty.	Mmes Bluetty.
LOUISE, 25 ans	Vialys.	Vialys.
LA NÉGRESSE	X...	X...

La scène représente un salon bourgeois de nos jours. Portes à droite, à gauche et au fond. Les sièges sont recouverts de housses. Au lever du rideau, Mme Ducreux est installée devant un petit bureau Louis XV, à droite 1er plan. Elle compulse des dossiers, pendant que Ducreux, assis dans un fauteuil, fume sa pipe en lisant son journal.

SCÈNE PREMIÈRE

Ducreux, Mme Ducreux

Mme DUCREUX

Anatole... vous empestez le salon avec votre pipe.

DUCREUX

La fumée chasse les mites... ma bonne ..

Mme DUCREUX, *agacée.*

Il n'y a pas de mites en cette saison et puis... pour la centième fois... ne m'appelez donc par « ma bonne ! »

DUCREUX, *ironique.*

Entendu, ma chère Yolande...

Mme DUCREUX

On dirait vraiment que vous faites exprès de fumer ici lorsque j'attends du monde... Vous voulez donc qu'on dise partout que le salon de Madame Ducreux des Aubergettes est une tabagie !

DUCREUX

Mais ce n'est pas votre jour de réception...

Mme DUCREUX

Vous savez bien que notre ami Oscar doit amener aujourd'hui le divorcé qui veut se remarier...

DUCREUX

Ah ! est vrai, ma bonne... pardon... ma chère Yolande, c'est vrai ! Et vous avez un parti à offrir à ce monsieur ?

Mme DUCREUX

Naturellement ! La jeune veuve que Mme Saccard m'a présentée.

DUCREUX, *l'air détaché.*

Combien de commission ?

Mme DUCREUX

Vingt cinq mille... à partager en deux : Mme Saccard et moi...

DUCREUX, *inquiet*

Et Oscar ?

Mme DUCREUX

Oscar ne demande rien... il fait ça pour son ami...

DUCREUX

Noble cœur ! (*A part*). Idiot ! (*Haut et se levant*). Eh bien, ma chère, je m'en vais... je ne veux pas enfumer le sanctuaire... (*Il va pour sortir.*)

Mme DUCREUX

Attendez !... j'ai à vous parler ! Vous pouvez bien poser votre pipe...

DUCREUX

Laissor éteindre le feu sacré... jamais !

Mme DUCREUX

Oh ! quelle manie !... Enfin... ils ne viendront qu'à trois heures... j'aurai le temps d'aérer... écoutez-moi...

DUCREUX

Je suis tout oreilles...

Mme DUCREUX

Il faudrait pourtant bien s'occuper de la négresse...

DUCREUX

Quelle négresse ?

Mme DUCREUX, *avec impatience*

Cette jeune fille que madame Saccard m'a donnée à marier...

DUCREUX

Ah ! c'est vrai... ma bonne... pardon ma chère Yolande... c'est vrai !.. Elle ne sera pas d'un placement commode celle-là..!

Mme DUCREUX.

Allons donc ! Elle a douze cent mille francs...

DUCREUX

Màtin ! Ça ferait une belle commission...

Mme DUCREUX

Et les hommes sont si délicats ! Allez, pour douze cent mille francs, ils passent sur bien des choses...

DUCREUX, *riant.*

Même sur une négresse !

Mme DUCREUX

Vous devriez en parler à Oscar... je parie qu'il accepterait tout de suite...

DUCREUX

Oh ! ne comptez pas sur moi pour seconder votre noir dessein... Vous savez, ma chère amie, que je neveux pas me mêler de ça.. je conseus à tolérer vos ... agissements matrimoniaux... mais...

Mme DUCREUX

Non ! c'est à pouffer de rire ! Monsieur consent à tolérer !.. je t'écoute !

DUCREUX, *ironique*

Yolande, vous devenez triviale...

Mme DUCREUX, *irritée.*

Où en serions-nous si je n'avais eu l'idée de me mettre à faire des mariages ?

DUCREUX, *continuant.*

En prélevant un impôt sur les coureurs de dots.. Idée géniale !

Mme DUCREUX

Oui goguenardez !.Grâce à l'argent que je gagne ainsi, personne ne se doute que vous nous avez ruinés avec votre satané jeu... et vous-même semblez l'avoir oublié...

DUCREUX

Non ! ma douce amie, je n'ai rien oublié.. ni l'affreuse guigne que j'eus à Monaco, ni tout ce que vous avez fait pour notre commun bonheur... (*Changeant de ton et lui tapant sur le ventre*). Mais cela n'empêche pas, ma vieille branche, que tu te sois fait rouler dans ta dernière affaire comme la plus naïve des mazettes...

Mme DUCREUX, *offensée.*

Ah ! Anatole... tâchez au moins de respecter la femme que vous n'avez pas été capable de rendre mère...

DUCREUX

Permettez...

Mme DUCREUX

Vous prétendez que je me suis fait rouler dans le mariage Beaulieu contre Durandart ? Pauvre homme ! qui n'avez pas compris que, si je n'ai pas touché de commission pour cette affaire, ce fut à dessein.. afin qu'on puisse dire, de temps en temps, qu'un mariage s'est traité chez moi sans argent... Autrement, mon salon serait vite déclassé...

DUCREUX, *riant.*

Bien trouvé...

Mme DUCREUX

Tenez.. un commerçant vous dirait qu'il est parfois habile de solder certains articles au prix coûtant, après fructeux inventaire.. eh bien, le mariage Beaulieu-Durandard, c'est mon solde après inventaire.

DUCREUX, *riant aux éclats*

Tordant !...

Mme DUCREUX, *irritée*

Ah ! c'est tordant !.. Eh bien vous me permettrez, à l'avenir, de garder la somme que j'avais l'habitude de vous donner après chaque affaire et que vous avez appelée, avec assez d'à propos, votre petit pourboire...

Ducreux, *inquiet*

Vous ne ferez pas ça !..

Mme Ducreux

Non... je me gênerai... peut-être !..

Ducreux, *s'approchant d'elle.*

Fi ! la méchante qui ne comprend pas la plaisanterie !.. (*Il veut lui prendre la main*).

Mme Ducreux, *le repoussant*

Ah ! laissez-moi !

Ducreux

Dieu ! que tu es belle quand tu te mets en colère ! Et c'est bien pour ça que je me plais à te faire monter... Tiens ! je t'adore ! (*il l'embrasse de force*).

Mme Ducreux, *sarcastique.*

Le petit pourboire !

Ducreux, *digne*

Oh ! la vilaine pensée ! Ne sais-tu pas que, loin de gaspiller cet argent, je le mets soigneusement de côté pour toi ?...

Mme Ducreux

Pour moi !.. allons donc ! pour aller le perdre à la roulette !

Ducreux, *appuyant*

Pour toi... je te dis ! J'ai maintenant un système infaillible, et quand j'aurai la somme nécessaire...

Mme Ducreux, *ironique.*

Vous ferez sauter la banque ?

Ducreux

Parfaitement... et alors, qui est-ce qui sera couverte de bijoux par son petit Totole... c'est Bibiche...

Mme Ducreux

Ah ! bien .. si je ne compte que sur ceux-là !...

Ducreux

Tu verras... c'est d'une simplicité ! On prend une couleur... la noire, par exemple... et on ne joue que sur la noire...

Mme Ducreux

Dire que vous n'êtes pas encore corrigé... après toutes vos pertes !

Ducreux

Ah ! si j'avais joué la noire !... (*Coup de sonnette*).

Mme Ducreux, *se levant précipitamment.*

On a sonné !... C'est Oscar avec son ami ! Et je ne suis pas habillée !... et les housses ne sont pas enlevées !... Voyons, aidez-moi ! (*Elle se précipite sur les sièges et enlève les housses, aidée par Ducreux*).

Ducreux, *à part, tout en agissant.*

Oh ! oui !.. si j'avais eu mon système sur la noire !

Mme Ducreux, *tout en enlevant les housses.*

Et ça pue ! ça pue votre maudite pipe ! Vous ouvrirez la fenêtre et recevrez ces messieurs pendant que je m'habillerai...

Ducreux, *même jeu.*

Jamais de la vie !... je ne veux pas paraître...

Mme Ducreux, *même jeu.*

Vous n'êtes donc bon à rien !

Ducreux, *même jeu.*

Tu sais bien le contraire... seulement tu comprends... ma dignité... Ah ! par exemple, mignonne, je t'en supplie, ne recommence pas Beaulieu-Durandard... fais bien signer le bon de commission...

Mme Ducreux, *ironique*

Merci de vos conseils !...

Ducreux, et Mme Ducreux, *posant leurs housses sur le canapé ensemble*

Voilà ! Enlevez !

(*Ils se tournent le dos brusquement et se sauvent lui à gauche, elle à droite, croyant chacun que l'autre emporte les housses. Celles-ci restent en tas sur le canapé*).

SCÈNE II

Robert, Oscar.

(*Oscar entre par le fond, souriant et la main tendue. Robert le suit*).

Oscar, *surpris.*

Tiens ! personne !... (*Avisant les housses. Cependant, tu vois, on nous attendait.*

ROBERT

En effet, voilà qui prouve qu'on a fait un brin de toilette, en notre honneur.

OSCAR

Fâcheux, seulement, puisqu'on s'est barbifié, d'avoir oublié le peignoir...

ROBERT

C'est vrai... c'est choquant comme des papiers dans l'herbe...

OSCAR

Dis donc... une bonne blague!.. Si on les remettait ?

ROBERT

Si tu veux ! (*Ils replacent les housses sur les meubles*). C'est d'ailleurs un service à rendre à la maîtresse de céans...

OSCAR

Certainement... nous ménageons son amour-propre...

ROBERT

Elles sont très convenables, ces housses... une fois à leur place ! Pas mal ce salon...

OSCAR

Mon Dieu oui ! ça vous a un petit fumet Ducreux des Aubergettes...

ROBERT, *humant*

Ça vous a surtout un petit fumet de vieille pipe...

OSCAR

Ah !... ça, c'est le brûle gueule du patron !... le cauchemar de Mme des Aubergettes !... Aérons, mon ami, aérons ! (*Il ouvre les fenêtres*).

ROBERT

Aérons...

OSCAR

Au moins, nous ne dirons pas que le service est mal fait ici !

ROBERT

C'est égal... ça ne sent pas trop l'agence matrimoniale...

OSCAR

Je t'ai bien prévenu que je ne t'amenais pas chez des marieurs de profession...

ROBERT

Cependant... des personnes qui exigent 5% sur les dots...

OSCAR

Mais, mon ami, cela se fait partout aujourd'hui... et il ne faut en vouloir à personne de ces contributions indirectes.. car avec les modes qui changent chaque saison et la suppression des octrois, la vie est devenue d'un cher...

ROBERT

Toi... tu m'as tout l'air d'un rabatteur...

OSCAR

Eh ben, mon vieux, moi qui t'amène ici pour te rendre service... tu as une façon de me remercier !..

ROBERT

T'es bête ! je plaisante...

OSCAR

A la bonne heure ! Non... tu sais... je suis un ami de la maison... un point c'est tout.

ROBERT

Eh bien, mais .. comment se fait-il qu'avec les éléments dont tu disposes ici. tu n'aies pas encore trouvé à te marier ?...

OSCAR

Naïf enfant ! ce n'est pas l'envie qui m'en manque ; mais si tu te figures qu'il est facile aujourd'hui d'épouser la forte somme quand on n'a pas le sou !...

ROBERT

Les héritières sont devenues pratiques,

OSCAR

Oh ! combien !

ROBERT

Sérieusement... tu ne connais pas la personne qu'on me destine ?...

OSCAR

Je te répète que madame des Aubergettes m'a simplement dit : « J'ai une veuve, 24 ans, jolie, 500.000 francs. »

ROBERT

Ça fait 25.000 de commission !

OSCAR

Qu'importe ? La prendrais-tu avec 475.000 ?
Oui !... Eh bien alors ?...

ROBERT

Et puis, je ne fais pas de ce mariage une affaire
d'argent !... Ma fortune personnelle...

OSCAR

Ah... c'est moi, à la place, qui ne me remarierais
pas ! Tu pourrais mener une vie délicieuse... Le
conjungo ne t'a pas déjà si bien réussi une première fois...

ROBERT

C'est justement pour ça que je veux me remarier
à tout prix...

OSCAR

Tu n'as pas eu ton compte ?...

ROBERT

Je veux prouver à ma péronnelle de femme que
je puis très bien me passer d'elle... et être très
heureux avec une autre !...

OSCAR

Est-ce que tu te remarierais par dépit, toi ?

ROBERT

Par dépit ! Ah bien oui !... Louise se figure,
depuis notre divorce, que je l'aime toujours et que
je ne me remarierai jamais...

OSCAR

Qui est-ce qui t'a dit ça ?...

ROBERT

Tout le monde ! J'ai même reçu des lettres
anonymes...

OSCAR

Et tu y crois ?

ROBERT

Oh ! C'est si bien elle ! Madame a accepté le
divorce avec joie... elle s'est hâtée de reprendre
on nom de jeune fille.. mais moi... je dois me
consumer en regrets !... je dois mourir de déses-
poir ! Je vois sa tête d'ici quand on viendra lui
dire :. « Vous savez la nouvelle ? Robert se re-
marie ! » Ah ! je ne puis pas me passer d'elle !
Ah ! je déambule la nuit sous ses fenêtres ! Non !
mais me vois-tu déguisé en Chérubin et chantant
la romance à Madame !...

OSCAR

Allons, ne t'emballe pas ! Tu pourrais très bien
la regretter...

ROBERT

La regretter ! Mais, mon cher, la vie était impossible ! Des goûts contraires en tout ! Des scènes du
matin au soir !... Je n'avais qu'à dire blanc pour
qu'elle dise noir...

OSCAR

Vous étiez butés et personne ne voulait céder.

ROBERT

Il n'y avait qu'un seul parti à prendre... nous
l'avons pris...

OSCAR

Et dire que la loi n'admet pas le divorce par
consentement mutuel !

ROBERT

C'est idiot ! Heureusement qu'on peut toujours
simuler un flagrant... Le mari en est quitte pour
prendre les torts à son compte.

OSCAR

C'est plus galant !

ROBERT

Et puis, pour un homme, ces choses-là n'ont
aucune importance... C'est la maison Grafoulot
qui s'est chargée de tout. Je te la recommande.

OSCAR

Pour plus tard ? Inutile... Si jamais j'épouse, ce
sera un gros sac... et alors je me garderai bien de
divorcer...

SCENE III

LES MÊMES, Mme DUCREUX

Mme DUCREUX, *entrant. Elle tient un petit bleu
et tend la main à Oscar.*

Bonjour, ami...

OSCAR

Chère madame... permettez-moi de vous présenter mon excellent camarade Robert Le Hourdel
dont je vous ai tant parlé ces jours derniers.

(Robert s'incline.)

Mme DUCREUX, *lui donnant la main.*

En effet, monsieur Le Hourdel n'est déjà plus
un étranger pour moi... Soyez le bienvenu, cher
monsieur.

ROBERT

Madame... je suis vraiment touché de cet accueil...

Mme DUCREUX, *voyant les housses.*

Ah ! par exemple... (*A part*). Les housses !

OSCAR

Qu'avez-vous ?

Mme DUCREUX, *embarrassée.*

Rien... ou plutôt si !... je vois la fenêtre ouverte et j'ai peur que vous ayez eu froid... il ne fait pas un temps... (*Elle va pour fermer la fenêtre*).

ROBERT, *la devançant.*

Nous ne nous en étions pas même aperçus.

Mme DUCREUX

Oh ! ces domestiques... quelle plaie !..

ROBERT

A qui le dites-vous, madame !

Mme DUCREUX, *à part.*

Je suis pourtant bien sûre d'avoir enlevé ces housses...

OSCAR

Oui... aujourd'hui on a bien du mal à se faire servir !

ROBERT

Maintenant que la glace est rompue... laissez-moi vous remercier, madame, de bien vouloir vous intéresser à mon sort...

Mme DUCREUX

N'est-ce pas tout naturel ?... Vous êtes l'ami d'Oscar... et nous avons tant d'affection pour lui...

OSCAR

Il vous le rend bien, allez, ce bon et intelligent Oscar !

Mme DUCREUX

Grand fou !.. Il nous a dit qu'un de ses amis désirait se marier... justement j'avais une jeune veuve qui remplissait les conditions...

OSCAR

Veinard !

Mme DUCREUX

Si l'on ne s'occupait pas un peu de rapprocher les gens...

OSCAR

Il ne se ferait jamais de mariages, c'est évident..

Mme DUCREUX

Et puis... si je suis un peu encline à favoriser les unions légitimes, c'est que, ayant trouvé moi-même le bonheur parfait à mon foyer, il me semble que j'ai une dette à acquitter envers mes semblables...

OSCAR

Eh bien voyons... causons un peu de l'affaire qui nous intéresse...

Mme DUCREUX

Oh ! fi ! quelle vilaine façon de parler d'une chose aussi grave... Vous oubliez que le mariage...

OSCAR

Laissez donc ! Avec le divorce, le mariage n'est plus aujourd'hui qu'un contrat comme un autre...

Mme DUCREUX

Il est vrai que nous sommes loin du sacrement de nos pères...

ROBERT

En tout cas, dans l'espèce, il ne pourrait être question de sacrement... vous savez que je suis divorcé ?

Mme DUCREUX

Oui... Oscar m'a donné sur vous tous les renseignements...

ROBERT

Vous ne croyez pas que ce sera un obstacle ?

Mme DUCREUX

Oh ! Le divorce est tellement entré dans nos mœurs qu'il ne peut plus être considéré, pour un homme surtout, comme un vice rédhibitoire... il faut bien marcher avec son temps...

ROBERT, *souriant.*

Sans doute... et serait-il indiscret de vous demander, à mon tour ?...

Mme DUCREUX

Voici la chose en deux mots !... Une de mes bonnes amies a fait la connaissance, au mois d'août dernier, sur la côte Normande, d'une jeune veuve, sans enfants et très jolie, avec laquelle elle a sympathisé tout de suite. Cette dame, d'abord très peinée de la mort de son mari, a fini par comprendre qu'elle ne pouvait guère, à son âge, rester seule dans la vie... bien que sa fortune lui assurât une situation tout à fait indépendante...

ROBERT

Cinq cent mille francs. n'est ce pas ?

Mme DUCREUX

C'est cela même !... Alors, mon amie m'a amené sa protégée... pensant que dans mes relations...

ROBERT

Eh bien : mais tout cela me paraît excellent... Comptez-vous me présenter bientôt ?

Mme DUCREUX

Je pourrais vous mettre aujourd'hui même en présence. (*Montrant le petit bleu qu'elle tient à la main*) Mon amie vient de me prévenir qu'elle serait à quatre heures ici avec sa jeune femme — mais je ne veux pas vous imposer cette attente... nous prendrons un autre rendez-vous.

OSCAR

Pourquoi donc ? Nous n'avons qu'à revenir à quatre heures... n'est-ce pas ?

Mme DUCREUX

Oh ! je suis de votre avis... ces choses-là ne doivent pas traîner... et puisque vous voulez bien prendre la peine...

ROBERT

Comptez sur moi... (*Il se lève.*)

DUCREUX, *passant la tête par la porte, bas à sa femme.*

Fais lui signer le bon ! .. (*Il rentre.*)

OSCAR, *bas à Robert.*

Trouve moyen de lui offrir 5°/₀ sur la dot...

ROBERT

Madame, nous ne voulons pas abuser de vos instants... j'espère être plus heureux tout à l'heure et faire la connaissance de monsieur des Aubergettes...

Mme DUCREUX

Je n'ose pas le faire demander... il termine en ce moment les comptes semestriels de la société des jeunes aveugles d'Éthiopie dont il est le vice-président...

ROBERT

Ah ! Monsieur des Aubergettes... Voilà une œuvre du plus haut intérêt...

OSCAR

Sous le patronage de Ménélick !

ROBERT

Mes compliments !

Mme DUCREUX

Notre société est toute nouvelle, malheureusement ! Je dis malheureusement, parce qu'il nous faut encore beaucoup d'argent pour fonder les établissements que nous avons projetés à Djibouti et dans la capitale du Négus...

OSCAR, *bas à Robert.*

Elle te tend la perche...

ROBERT, *même jeu.*

Je la prends ! (*Haut*) Il y a là, il me semble, une haute question patriotique.. l'influence française..

Mme DUCREUX

Évidemment... il s'agit de devancer les autres nations...

ROBERT

C'est une œuvre admirable ! Permettez-moi, Madame, de m'y associer... Je compte, à l'occasion de la réussite de mon désir, faire largement profiter de ma joie vos intéressants petits protégés...

Mme DUCREUX

Oh ! Monsieur !

ROBERT

J'aurai le plaisir, le jour de mon mariage, de mettre à votre disposition une somme de 25,000 fr. et je resterai votre obligé...

Mme DUCREUX

Je vous remercie pour nos aveugles... Vous aurez droit à cinq lits qui porteront votre nom...
     (*Robert s'incline*).

OSCAR, *à part.*

J'espère bien que, sur les cinq, il y en aura un pour moi... soit 5000 balles !...

ROBERT

Alors, madame, à quatre heures...

Mme DUCREUX

A quatre heures !.. Monsieur ! (*Elle leur donne la main*).
     (*Robert et Oscar sortent par le fond, Madame Ducreux redescend*).

SCÈNE IV

Mme Ducreux, Ducreux.

DUCREUX, *faisant irruption, la pipe aux dents.*

Comment ! tu les laisses partir sans avoir signé un bon de commission !..

Mme DUCREUX, *haussant les épaules.*

Mêlez-vous donc de vos affaires !..

DUCREUX

En voilà une gaffe ! tu vas encore te faire rouler !...

Mme DUCREUX

Pardon... je croyais que vous vous désintéressiez de mes... opérations ?...

DUCREUX

Personnellement, je m'en temponne...

Mme DUCREUX, *l'arrêtant*.

Hein ? !

DUCREUX

C'est pour vous ce que j'en dis !... Dès l'instant que vous vous occupez de ça, faites le intelligemment !...

Mme DUCREUX

Ah ! Si je suivais vos conseils, ce serait du joli !.. L'agence matrimoniale, alors ?..

DUCREUX

Cependant vous avez déjà fait signer des engagements...

Mme DUCREUX

Ça dépend des candidats !... Comprenez donc qu'il y a candidat et candidat...

DUCREUX

Celui-là ne m'inspire guère confiance... un ami d'Oscar...

Mme DUCREUX

Justement !... Oscar est notre garant...

DUCREUX

C'est égal... pas le moindre papier !.. Et vous allez le mettre en présence de la petite femme aujourd'hui même ! C'est insensé !

Mme DUCREUX

Ah ! ça... vous n'avez donc pas cessé d'écouter à la porte ?... J'aurais dû m'en douter à l'odeur de pipe qui arrivait jusqu'à nous ..

DUCREUX

Il faut bien que je surveille vos intérêts...

Mme DUCREUX, *haussant les épaules*.

Et vous allez encore enfumer le salon !... Il faudra encore ouvrir la fenêtre quand ces dames viendront...

DUCREUX

C'est bon... Je m'en vais !.. *(Voyant les housses, stupéfait)* Oh !.. les housses !...

Mme DUCREUX

Ah ! oui... c'est très spirituel ce que vous avez fait là !

DUCREUX, *abasourdi*.

Moi ?

Mme DUCREUX

Faites donc l'étonné !.. Elles ne se sont pas remises toutes seules...

DUCREUX

Çà... c'est sûr !...

Mme DUCREUX

Or, comme ce n'est pas moi...

DUCREUX

Ni moi... je pense ?...

Mme DUCREUX

Anatole, je vous en prie, ne me prenez pas pour une imbécile !...

DUCREUX

Mais sapristi ! quand voulez-vous que j'aie pu ?..

Mme DUCREUX

Écoutez... en voilà assez !.. Je suppose bien que vous avez fait le coup avant l'entrée de ces messieurs...

DUCREUX

Ah ! elle est raide celle-là !.. Voyons, ma bonne..

Mme DUCREUX, *éclatant*.

Ma bonne ! Oh ! ce que vous me tapez sur les nerfs, mon ami ! Ça va mal finir, je vous en avertis !...

DUCREUX, *résigné*.

Eh bien soit... je l'avoue, c'est moi !..

Mme DUCREUX

Une bonne farce, hein ?.. Allons, aidez-moi à réparer vos sottises... *(Elle enlève les housses.)*

DUCREUX, *l'imitant, à part*.

Ça c'est plus fort que de passer quarante fois sur la noire !

Mme DUCREUX

Heureusement, les hommes ne font pas attention à ces détails... mais quand ces dames viendront, je veux que ce soit convenable...

(Coup de sonnette.)

DUCREUX

On a sonné !

Mme Ducreux

Serait-ce déjà madame Saccard ?

Ducreux

Je me sauve !

Mme Ducreux

Donnez-moi tout ça. (*Elle prend toutes les housses*) Cette fois, il faudra trouver autre chose, gros malin ! (*Elle sort par la droite emportant les housses*).

Ducreux, *à part*.

Gros malin ! Elle est rosse... mais gentille tout de même ! Il faudra que j'y pense à cette femme-là. (*Il sort à gauche*).

SCENE V

Louise, Mme Ducreux

Louise, *entrant par le fond, à part*.

Tiens ! ça sent le tabac, ici !...

Mme Ducreux, *entrant*.

Comment, ma mignonne, vous êtes seule !

Louise

Vous voyez...chère madame...Madame Saccard ne peut pas venir... Figurez-vous qu'à peine vous avait-elle envoyé son petit bleu, elle en recevait un elle-même lui annonçant une visite importante...

Mme Ducreux

Sa présence n'est pas indispensable... vous savez que je vais vous présenter votre fiancé...

Louise

Impossible !... Il faut absolument que vous alliez chez Mme Saccard...

Mme Ducreux

Que peut-elle bien me vouloir ? Elle ne vous a pas remis un mot pour moi ?

Louise

Non !... elle était très affairée... elle m'a simplement recommandé de vous dire ceci : « très urgent Bamboula ! »

Mme Ducreux, *à part*.

La négresse !

Louise

J'avoue que ce « Bamboula » m'a laissée rêveuse...

Mme Ducreux, *riant*.

Je vais vous expliquer... il s'agit de notre société des aveugles d'Ethiopie... ce sont des petits noirs.. alors... n'est-ce pas?... Bamboula...

Louise

Ah ! très bien... elle a voulu m'intriguer...

Mme Ducreux

Probablement...

Louise

Toujours est-il que je ne verrai pas aujourd'hui mon futur seigneur et maître... Vous aviez pris rendez-vous ?

Mme Ducreux

Mais oui... pour quatre heures... c'est très contrariant...

Louise

Que voulez-vous ! Il n'y a pas urgence absolue comme pour Bamboula...

Mme Ducreux

Petite moqueuse ! Mais au fait, vous n'avez pas besoin de moi pour le voir...

Louise

Comment ?

Mme Ducreux

Non !.. Restez ici... vous serez censée m'attendre... et quand il arrivera, on le fera entrer... Vous pourrez l'examiner à votre aise...

Louise

Oh ? sera-ce bien convenable?

Mme Ducreux

Supposez que vous êtes dans le salon d'un dentiste...

Louise

Ce sera très gênant...

Mme Ducreux

Au contraire ! Il ne saura même pas au juste si c'est vous...

Louise, *riant*.

La jeune personne annoncée à la porte ! Taille belle et bien faite, mollet 40 centimètres de tour !

Mᵐᵉ DUCREUX

Vous ignorez mutuellement vos noms... S'il ne vous plaît pas, ni vus ni connus... on en restera là !...

LOUISE

Vous avez peut-être raison...

Mᵐᵉ DUCREUX

Sûrement ! C'est beaucoup plus discret pour une première entrevue...

LOUISE, *un peu gênée.*

Alors... chère madame, j'aurai auparavant une petite confession à vous faire...

Mᵐᵉ DUCREUX, *inquiète.*

Laquelle, mon Dieu ?

LOUISE

Voilà... vous me croyez veuve, n'est-ce pas ? Eh bien, il n'en est rien... je suis divorcée !

Mᵐᵉ DUCREUX

Divorcée !

LOUISE

Oui ! En arrivant aux bains de mer, j'ai cru préférable de me faire passer pour veuve. Vous savez ce que c'est que ces petites plages .. une femme seule y est déjà vue d'un mauvais œil... à plus forte raison, divorcée... et après, je n'ai pas osé avouer la chose à madame Saccard !

Mᵐᵉ DUCREUX, *contrariée.*

Et le jugement ?.. contre vous ?..

LOUISE

Ah ! ça non ! par exemple !.. en ma faveur, tout ce qu'il y a de plus en ma faveur !

Mᵐᵉ DUCREUX, *respirant.*

Heureusement !.. çà a une grande importance pour une femme...

LOUISE

Sans doute... mais je puis passer la tête haute... Quant à ma situation de femme divorcée, je ne pense pas qu'elle puisse me nuire dans l'occasion... puisque ce monsieur, m'avez-vous dit... est lui aussi dans le même cas...

Mᵐᵉ DUCREUX

C'est vrai... mais vous savez, les hommes ont parfois de si bêtes d'idées...

LOUISE

Il faudra le prévenir tout de suite...

Mᵐᵉ DUCREUX

Je ne suis pas de votre avis... Il vous croit veuve... ça lui ferait l'effet d'une douche... Laissez-le d'abord bien s'emballer... jolie comme vous êtes, ça ne traînera pas... ensuite... il avalera la pilule sans broncher !...

LOUISE

Mais est-ce bien délicat ?

Mᵐᵉ DUCREUX

Ecoutez .. la réussite avant tout ! c'est un parti superbe... et il est charmant !..

LOUISE, *avec intérêt.*

Ah ?

Mᵐᵉ DUCREUX

Je suis sûre qu'il vous plaira ! joli garçon .. distingué .. bon... aimable...

LOUISE, *riant*

Une perfection, quoi ! ça me changera !

Mᵐᵉ DUCREUX

Le premier était donc si mal ?

LOUISE

Mal ? Oh ! non !... mais ce qu'il m'a rendue malheureuse !!

Mᵐᵉ DUCREUX

Pauvre petite ! Il était coureur ?... Celui-là vous sera fidèle, allez ! Il est excessivement sérieux !

LOUISE

Quelle différence !

Mᵐᵉ DUCREUX

L'autre avait mauvais caractère, hein ?...

LOUISE

Un caractère épouvantable ! la vie était un enfer !

Mᵐᵉ DUCREUX

Eh bien, celui-là est la douceur même... Il ne vous fera pas de scènes, j'en réponds...

LOUISE

Quelle différence !

Mᵐᵉ DUCREUX

Et modeste !... presque timide...

LOUISE

Décidément, ça me changera ! Ah ! voilà une chose qu'il n'avait pas, la modestie !

Mᵐᵉ DUCREUX

Fat ?..

LOUISE

Abominablement ! Monsieur, se croyant irrésistible s'était mis dans là tête qu'il pouvait faire n'importe quoi, que je l'aimerais toujours... Et figurez-vous que, maintenant encore, il croit, parait-il, que je ne me console pas de l'avoir perdu ! C'est un peut fort, hein ?

Mᵐᵉ DUCREUX

Voyez-vous ça !..

LOUISE

Mais je me charge de le détromper, moi ! Il va en faire un nez, quand on lui apprendra mon mariage !..

Mᵐᵉ DUCREUX

Aussi, ma chère petite, ne devez-vous rien négliger pour ce résultat. Vous avez tout ce qu'il faut pour enjoler un homme... le succès dépend donc de vous... Mais nous bavardons .. nous bavardons... et le temps passse!.. je vous laisse !.. Je ne veux pas faire attendre Madame Saccard.

LOUISE *riant*

Ni Bamboula !

Mᵐᵉ DUCREUX, *souriant.*

Ni Bamboula ! Allons .. je vais donner l'ordre qu'on introduise ici ce monsieur ! (*Elle lui serre la main*) A tout à l'heure... (*Elle va pour sortir, revenant*) Ah ! j'oubliais.. il viendra sans doute avec un ami... le candidat. c'est l e brun ! (*Elle sort par le fond*).

LOUISE, *seule*

Brun ? tant pis ! je l'aurais préféré blond... pour vexer Robert davantage... (*Coup de sonnette*) Serait-ce déjà lui !... Est-ce drôle ! je me sens toute troublée... Ah!... c'est stupide ! (*Elle prend un livre, puis se regarde machinalement dans la glace*).

Mᵐᵉ DUCREUX, *rentrant, son chapeau à la main.*

C'est lui !.. je me sauve... je suis en retard ! Bonne chance ! (*Elle traverse la scène et sort par la droite.*)

SCÈNE VI

Louise, Robert, Oscar

LOUISE, *seule.*

Voilà que j'ai envie de rire, maintenant ! Voyons, du sérieux !... (*Elle s'assied devant la cheminée et tournant le dos à la porte du fond*) (*Robert entre avec Oscar sans voir Louise*).

OSCAR, *bas à Robert.*

Hum !... (*Il indique Louise d'un geste*) Voilà l'objet...

ROBERT, *même jeu.*

Chut !... (*Il regarde*).

OSCAR, *même jeu.*

Je vois un dos... pas mal le dos...

LOUISE, *à part.*

J'ai pris une bête de position... ça va devenir ridicule. Allons... du courage ! (*Elle se lève pour poser son livre et se retourne*).

LOUISE, ROBERT, OSCAR, *ensemble et très fort.*

Ah !

ROBERT

Louise !

LOUISE

Robert !

OSCAR

En voilà une rencontre !... (*Un temps*).

ROBERT, *géné, s'avançant vers elle.*

Vous allez bien ?

LOUISE

Merci...

ROBERT

Moi... je vais très bien...

OSCAR

Moi aussi !!

LOUISE

Ça se voit... mais quel singulier hasard !

ROBERT

Oui, ce hasard est singulier ! (*Brusquement*) Serait-ce vous la dame à marier ?

LOUISE

Et vous le Monsieur à marier ?... (*Tous deux éclatent de rire*).

OSCAR, *à part.*

Pour une affaire ratée, ça c'est une affaire ratée !

ROBERT

Ah ! par exemple, voilà un comble !

LOUISE

Le comble de la stupéfaction !...

ROBERT

Oui... vous ne vous attendiez guère à me voir ici...

LOUISE

J'en étais à cent lieues... on m'avait fait du candidat un portrait tellement enchanteur...

ROBERT, *vexé.*

C'est pourtant bien moi !... Mais j'y pense, on m'a annoncé une veuve... ce n'est pas vous... vous n'êtes pas pour moi...

LOUISE

Mon Dieu, si ! tout de même !... je m'étais donnée comme veuve...

ROBERT

Ah ! Ah ! vous trichiez !...

LOUISE

La punition ne s'est pas fait attendre...

ROBERT

Merci !...

OSCAR, *à Robert.*

Et avec ça.. qu'est-ce que tu prends ?.. Voyons.. nous n'avons plus rien à faire ici... viens-tu ?

ROBERT

Attends un peu !... Je suis bien aisé .. puisque l'occasion se présente...

OSCAR

Alors, je craindrais d'être indiscret...
(Il va pour sortir).

ROBERT

Où vas-tu ?

OSCAR

Ne t'inquiète pas... je connais les êtres.. je reviendrai dans un moment... *(A part).* Mes cinq mille balles ! Quel fiasco !.. *(Il sort par la droite).*

SCÈNE VII

Robert, Louise.

ROBERT

Ainsi, vous vouliez vous remarier ?..

LOUISE

N'est-ce pas mon droit ?.. Il me semble que vous même...

ROBERT

Oh ! moi !...

LOUISE

Quoi ?... oh ! moi !... N'êtes vous pas venu ici pour une entrevue ?..

ROBERT

Si... mais moi j'ai des raisons toutes particulières...

LOUISE

Ah ? et vous croyez que je n'en ai pas, peut-être ?

ROBERT

Je ne dis pas cela... Vous devez avoir le désir... oh ! bien légitime !.. de ne pas vivre seule... C'est très compréhensible... à votre âge...

LOUISE

Naturellement..

ROBERT

Quand on a le cœur libre...

LOUISE

Absolument libre !

LOUISE

On cherche quelqu'un pour le remplir.

LOUISE

Evidemment !... Mais... n'êtes-vous pas dans les mêmes conditions ?...

ROBERT

Identiques !... Seulement moi... je pourrais très bien me passer du mariage... J'ai repris ma vie de garçon...

LOUISE

Je n'en doute pas...

ROBERT, *l'air fat.*

Je ne puis donc pas dire que la solitude me pèse...

LOUISE

Oui... vous ne vous ennuyez pas?...

ROBERT

Oh ! non !...

LOUISE

Ces demoiselles non plus... ne s'ennuient pas ?

ROBERT

Je l'espère...

LOUISE

Alors... pourquoi cette nouvelle velléité conjugale ?

ROBERT

Eh bien... voilà !...il paraît qu'une certaine personne... dont je n'ai pas précisément à me louer... s'est imaginée que je me mourrais d'amour pour elle...

LOUISE

Vraiment ?

ROBERT

Vous comprenez... je veux lui prouver qu'elle se trompe... et le plus sûr moyen...

LOUISE

Je comprends !... mais êtes-vous bien sûr de n'avoir pas été induit en erreur ?... Ainsi, tenez... moi qui vous parle... savez-vous ce qu'on m'a raconté ?...

ROBERT

Dites...

LOUISE

Que vous aviez exactement les mêmes idées sur mes sentiments à votre égard ! Est-ce vrai ?

ROBERT

Ah ! elle est raide !... Ce serait donc un coup monté !...

LOUISE, *ironique.*

Il y a tant de gens qui s'intéressent au bonheur de leurs amis...

ROBERT

Eh bien! j'allais faire une belle gaffe !... Aliéner encore ma liberté ! Et cela pour vous vexer !

LOUISE

Mon pauvre ami !

ROBERT

Je l'ai échappé belle !...

LOUISE

Dame ! Si vous aviez rencontré la jeune veuve...

ROBERT

Ça y était !... Et c'est vous que je trouve !

LOUISE

Il faut en prendre votre parti !

ROBERT

Avec joie ! vous me sauvez !...

LOUISE

Enchantée ! (*Un temps*).

ROBERT

Savez-vous, Louise, que vous êtes plus jolie que jamais...

LOUISE

Tant mieux !... je trouverai plus facilement à me remarier...

ROBERT, *vexé.*

Oh ! ça ne vous sera pas difficile...

LOUISE

Eh ! qui sait ? une femme divorcée...

ROBERT

Le fait est que moi... ça ne m'aurait pas convenu du tout !...

LOUISE, *riant.*

Décidément... je tombais mal avec vous !

ROBERT

Au contraire... vous êtes la seule pour qui j'eusse fait une exception...

LOUISE

Très touchée...

ROBERT

Au moins, je sais à quoi m'en tenir sur le divorce !

LOUISE

C'est juste !.. Votre œuvre !..

ROBERT

Pardon !. . C'est bien vous qui l'avez voulu !

LOUISE

Moi ? comment ! ce n'est pas vous qui me l'avez proposé ?..

ROBERT

Oui, mais vous avez accepté !

LOUISE

J'ai mon amour propre !..

ROBERT

J'espérais que vous refuseriez...

LOUISE, *vivement.*

Vrai ?

ROBERT

J'espérais que l'affection serait plus forte que l'amour propre ! Car enfin nous avions fait un mariage d'amour !

LOUISE

C'est vrai...

ROBERT

Et, au fond, qu'avions-nous à nous reprocher ? Des bêtises, des riens !

LOUISE

C'est vrai !

ROBERT

Mais votre affection pour moi... elle était déjà loin !...

LOUISE, *attendrie*

Robert !

ROBERT

La preuve c'est que vous avez très bien pris la chose... et qu'aujourd'hui... vous voulez vous remarier !

LOUISE

Eh bien non... Robert, non ! je ne veux pas me remarier!.. j'avais eu cette pensée pour vous vexer, moi aussi...

ROBERT, *riant.*

Non ?...

LOUISE

Mais je suis sûre qu'au dernier moment je n'aurais pas fait cette folie...

ROBERT, *joyeux.*

Alors ! tu m'aimes toujours ?

LOUISE, *se jetant dans ses bras.*

Tu le vois bien !..

ROBERT, *l'embrassant.*

Etions-nous bêtes !

LOUISE

Oh ! oui nous l'étions !

ROBERT

Mais c'est fini ! Ma petite Louisette ! (*Il lo prend sur ses genoux*).

LOUISE

Mon petit Robert!(*Ils s'embrassent longuement*).

DUCREUX, *entrant et voyant le groupe à part.*

Oh !! (*Il fait demi tour*) Eh bien, en voilà qui ne se gênent pas !.. sous mon toit ! Oh !! (*Il ressort*).

ROBERT, *riant.*

C'est égal.. le hasard n'a pas été aveugle !

LOUISE

Non ! mais ce sont ces deux bonnes dames qui l'ont été, aveugles !..

ROBERT

A propos... tu sais que j'ai promis 25.000 francs de commission...

LOUISE

Sur ma dot ! monstre !.. Tu ne donneras rien du tout !

ROBERT

Tu parles !.. pour épouser ma femme.. ce serait fort !

LOUISE

Et qu'est-ce qui va faire un nez ?

ROBERT ET LOUISE, *ensemble.*

C'est cette bonne Madame des Aubergettes !

SCÈNE VIII

LES MÊMES, Oscar.

OSCAR, *passant la tête.*

On peut entrer ?

LOUISE, *se levant vivement.*

Mais certainement !

OSCAR, *entrant avec le tas de housses.*

Allons ! je vois que ça va bien !

ROBERT, *riant.*

Oui, mon vieux .. nous sommes réconciliés.

OSCAR

J'en étais sûr!... Mes enfants, je vous bénis !

ROBERT

Mais qu'est-ce que tu apportes ?

OSCAR

Les housses, parbleu ! L'affaire est dans le lac... il faut les remettre... en signe de deuil... Aidez-moi !

ROBERT, *riant.*

C'est de la folie ! (*Tous trois remettent les housses*).

OSCAR

Une folie d'housses !

ROBERT

Maintenant, tu sais, nous n'attendons pas la patronne...

OSCAR

Qu'est-ce que je vais lui dire ?

ROBERT

Ce que tu voudras... mais la situation est trop délicate... nous filons...

OSCAR

Vous m'inviterez à la noce, au moins...

LOUISE

Vous serez témoin... on vous doit bien ça...

ROBERT

C'est vrai ! ce brave Oscar ! Allons, à bientôt. Compliments aux Aubergettes ! (*Il sort avec Louise*).

SCÈNE IX

Oscar, Ducreux.

OSCAR, *seul, il crie :*

Au revoir ! *(Puis calme)* Eh bien voilà ! chaque fois que je m'occupe d'une affaire... c'est comme ça qu'elle réussit !.. et je ne toucherai jamais un sou ! Ah ! si je pouvais trouver une héritière ! pour moi !...

DUCREUX, *entrant avec précaution.*

Ils sont partis ?

OSCAR

Oui... à l'instant...

DUCREUX

Il a l'air de marcher le mariage !

OSCAR

Raté... au contraire !...

DUCREUX, *stupéfait.*

Comment raté !

OSCAR

Oui... ils ne se plaisent pas !

DUCREUX

Hein ! Ils ne se plaisent pas ! Oh bien, qu'est-ce que ce serait s'ils se plaisaient !

OSCAR

Pourquoi ?

DUCREUX

Pourquoi ! Mais ils s'embrassaient à bouche que veux-tu !

OSCAR

Ils faisaient un essai loyal ! ça n'a pas réussi !

SCÈNE X

LES MÊMES, Mme Ducreux.

Mme DUCREUX, *entrant très agitée.*

Ah ! mon petit Oscar...

DUCREUX, *à sa femme.*

Nous sommes roulés !

Mme DUCREUX

Quoi, roulés ?

DUCREUX

Ton divorcé, ta veuve...

Mme DUCREUX

Oh ! nous en reparlerons plus tard ! Il est bien question d'eux ! *(Bas, à son mari)* Ce n'est pas douze cent mille, c'est trois millions ! *(Haut à Oscar)* Mon petit Oscar... voulez-vous vous marier ?

OSCAR

Moi ?

Mme DUCREUX

Oui... une jeune fille 20 ans... 3 millions...

OSCAR

Trois millions !... je marche !

Mme DUCREUX

Je vous préviens qu'elle est un peu brune !

OSCAR

J'aimerais mieux une blonde... mais 3 millions... Adjugé !

Mme DUCREUX

Et vous paierez cinq du cent ?

OSCAR

Foi d'Oscar !..

DUCREUX, *vivement.*

Un bon de commission ! Il faut qu'il signe un bon !

Mme DUCREUX

Oh ! il n'épousera pas sans ça ! Mais je vais toujours vous présenter la jeune personne...

OSCAR

Elle est là !... Quelle veine !

Mᵐᵉ DUCREUX, *voyant les housses, à son mari.*

Comment ! vous avez encore remis les housses !

DUCREUX, *abruti.*

Oh ! c'est inouï !

Mᵐᵉ DUCREUX

Enlevez-les !... enlevez-les !... je vais chercher la jeune fille... (*Elle sort*).

OSCAR, *déhoussant fébrilement.*

Dépêchons-nous !... dépêchons-nous !...

DUCREUX, *déhoussant.*

Sûrement... il y a ici des esprits housseurs !

Mᵐᵉ DUCREUX, *rentrant.*

Entrez... ma chère enfant ! (*Elle s'efface. On voit paraître une négresse**).

OSCAR, *tombant assis, les housses dans les bras.*

Quelle guigne ! Bamboula !

Mᵐᵉ DUCREUX, *vivement.*

Comment ! quelle guigne ! Vous gagnez 3 millions !

DUCREUX

Sur la noire !... Comme avec mon système !

RIDEAU

(*) *Le rôle de la négresse peut être tenu indifféremment par une femme ou par un homme en se mettant un masque sur la figure.*

Vannes. — Imprimerie LAFOLYE, 2, place des Lices. — 4185-1901.

AUTEURS	TITRES DES ŒUVRES	Hommes	Femmes	Prix nets
Gramet-Talber	Doigt coupé (Le)	troupe	»	loc.
Léon Laroche	Domestique pour rire (Un)	1	1	4 »
Saint-Maurice	Doubles Vierges (Les) d	troupe	»	loc.
L. Bouvet-Lebreton	Drapeau du Régiment (Le)	5	4	loc.
Sourilas	Drapeau jaune (Le) d	4	2	4 »
Bouvet-Serry	Dupont et Dupont	4	3	loc.
Dottin, Boulay-Lavrice	Durifflard	5	2	loc.
L. Bouvet-Schmoll	Echange de bals	5	5	loc.
De Launoy et Lions	Echarpe (L')	4	2	loc.
J. Domerc	Ecole buissonnière (L')	3	»	3 »
Yver-Septmons	Eh ! Ohé ! Ladrupette ! d	2	»	loc.
Trebla-Croisier	Elle ! d	4	1	loc.
Ed. Lhuillier	Elle débute ce soir	1	1	4 »
Delaruelle	El senor Piflardiño	1	1	6 »
Marsay	En colonne d	troupe	»	loc.
Lebreton-Moreau	Enfant des halles (L') d	3	2	loc.
Jallais Hubans	Enlèvement des Sabines (L')	troupe	»	loc.
Guillemaud-de Marsan	Enfants d'Edouard (Les) d	2	3	loc
Lebreton-Duroc	Enragés d	4	4	loc.
Villebichot	Entre deux jardins	1	1	4
Lebreton-Duroc	Entresol d'Eugène d	4	6	loc.
Garnier-Vallès	Erreur de Bridouille (L')	3	2	loc.
Banès	Escargot (L')	2	3	6 »
A. Pajol	Esprits d'Argenteuil (Les)	5	2	loc.
P. Pottier R. Dubreuil	Estime du Concierge (L')	2	1	loc.
D. Dihau	Eternel roman (L')	1	1	4 »
Dourel-Roydel-Tranel	Etrennes utiles	3	»	2
Garnier-Vallès	Exploits de Malichard Les]	6	4	loc.
L. Bouvet-Ch. Darantière	Extras de Balochard (Les) d	4	4	loc.
St-Paul-G. Ross, fils	Fais ça pour moi	3	2	loc.
F. Beauvallet	Faites le jeu, Messieurs d	3	1	loc.
Moreau-Gramet	Famille Nitouche (La)	3	4	loc.
Lebreton-Moreau	Farces du Printemps (Les) d	6	4	loc.
St-Agnan Choler	Faut du prestige (vaud.) d	3	2	loc.
Lebreton-Duroc	Faut que j'casse la g. à Baptiste d	5	3	loc.
De Launoy-Lions	Félicité	2	2	loc.
Flers	Femina d	troupe	»	loc.
Ch. Gabet	Femme de Valentino (La) d	2	2	loc
Moreau	Femmes qui fument (Les) D	7	8	loc.
F. Chaudoir	Fête à Claudine (La)	1	1	4 »
E. Duhem	Fête à M. le Maire (La)	5	2	4 »
Gaston Fortin	Fiançailles de Toinette (Les)	1	1	loc.
Dorfeuil-Bouvet	Fiancé des Nourrices (Le) d	4	5	loc.
Javelot	Fiancés berrichons (Les)	1	1	3 »
Soulié	Fiancés du bonnet de coton (Les)	1	1	5 »
L. Vasseur	Fichue idée d	2	1	5 »
Brigliano-Talber	Fichue situation d	4	4	loc.
Liouville	Fièvre phylloxérique (La)	3	2	4 »
Bertrié	Fille du charpentier (La)	3	1	5 »
Lebreton-Moreau	Fille du marin (La) d	8	7	loc.
Dourel; Roydel, E. Herré	Filles de Cornenville (Les)	4	7	loc.
Lebreton-Soudant	Filles de la Cantinière (Les) d	7	4	loc.
Lebreton-Moreau	Fils à Papa (Le) d	4	7	loc.
Lebreton-Moreau	Fils de Gouape	4	4	loc.
Chaulieu et Battaille	Fils de M. Alphonse (Le) (vaud.) d	5	2	loc
Duroc-Mailfait	Five O'Clock de la Baronne	7	2	loc.
Villebichot	Fleuriste et typographe	1	1	5 »
Lebreton-Talher	Foire aux nichons (La) d	7	7	loc.
Pradels-Quinel	Fosse aux ours (La)	4	4	loc
Lemonnier	Françoise les bas bleus d	troupe	»	loc.
Moreau-Soudant	Francs-tireurs de la mort (Les)	troupe	»	loc
Lebreton-Beissier	Frangine (La) d	7	6	loc.
Lévy-Merset	Fantrognon d	8	11	loc.
Lebreton-Moreau	Frère de lait (Le)	1	2	4 »
Carin-Tomy	Friper's and Cᵒ d	5	9	loc.
Lebreton-Moreau	Friquet d	9	7	loc.
Cieutat	Furet (Le)	»	1	4 »
Moreau-Touzé	Gai gai mariez-vous !	4	3	loc.
Moreau-Darsay	Gaîtés du bastion (Les)	5	3	loc.
Seraine	Garde champêtre de Corneville (Le)	1	»	1 »
Lebreton-St-Paul	Gontran se marie	3	2	loc.
Froyez-Colias	Grand Duc Moleskine (Le) d	6	6	loc.
Lefort	Grand papa de la chanson (Le) d	1	1	3 »
Rose fils et Ryvez	Greffier (Le)	4	3	loc.
Lebreton-Blairat	Grenouille (La) d	1	2	loc.
Hervo-Merki	Grève des Boulangers (La)	5	»	1 »
Moreau-Marcus	Grève des facteurs (La)	2	2	loc.
M.-Brisac	Guerre aux hommes (La) d	6	7	loc.
Lebreton-Nicolaie	Gueule d'Or d	6	6	loc.
Lebreton-Moreau	Héritier des Carapattas (L') d	8	8	loc.
C. Roland-A. de Lorde	Hermance a (e 'a Vertu, 2 act.s d	2	1	loc.
Villebichot	Hirondelles de la rue (Les)	4	2	3 »
Lebreton-Blairat	Homme pâle (L') d	1	2	loc.
Lebreton-Duroc	Hôtel d'Artistes d	troupe	»	loc.
Lebreton-Duroc	Hôtel de Noblepanne d	4	4	loc.
Darantière et Bouvet	Hôtel du lac bleu (L') d	7	6	loc.
Dourel-Roydel-Just	Hôtel modèle d	7	7	loc.
X. Barbé-de Téramond	Huissier des beaux jours (l')	3	2	loc.
Autigeon-Dourel	Hypnotiseur malgré lui (L') d	3	2	loc.
Mize-Bernède	Idées de M. Coton (Les) d	3	2	loc.
Bessière-De Noter	Ile de Nénuphar (L')	5	2	loc.
Moniot	Jacotte	1	1	5 »
Liger-Aubrun	J'ai perdu Virginie	3	1	loc.
Nargeot	Jeanne, Jeannette et Jeanneton d	2	3	loc.
Michiels	Jeique et Trinne	1	1	8 »
St-Paul	J'en ai plein le dos	2	1	4 »
Lebreton-Soudant	J'épouse ma bonne d	5	4	loc.
A. Perronnet	Je reviens de Compiègne	»	1	4 »
Yvel	Jeune homme du Tunnel (Le) d	3	3	loc.
Bernicat	Jeunesse de Béranger (La)	3	1	6 »
Lebreton-Moreau	Jocrisses du mariage (Les) d	troupe	»	loc.
S. Lebreton	Joies du divorce (Les) d	troupe	»	loc.
L. Collin	Journée aux soufflets (La)	1	1	4 »
J. Férol	J'teux de sorts (Le)	7	4	loc.
Fransois-Derys	Jules d	1	1	loc.
Herpin	Ki-Ki-Ri-Ki d	troupe	»	loc.
Soudant	Lâchée	5	1	loc.
Desormes	Leçon de musique (La)	1	1	4 »
I. Clérice	Léda d	troupe	»	loc.
St-Paul	Leroy s'amuse	3	3	loc.
A. de Lorde	Lettre (La) d	1	2	loc.
Cazaneuve	Loi du pal (La) d	troupe	»	5 »
Herpin	Lune de Miel (La) d	troupe	»	loc.
L. Péricaud et Villemer	Lune de Miel normande	1	1	1 »
Moreau-Gramet	Ma Colonelle	2	2	loc.
Clairville fils	Madame la baronne d	1	1	4 »
Wachs	Madame le docteur	2	1	4 »
Lebreton-St-Paul	Mademoiselle le Docteur	3	2	loc.
V. Roger	Mademoiselle Louloute	2	2	5 »
Bessière-Marinier	Maire et Martyr d	3	2	loc.
St-Paul-Rose fils	Maison hantée (La)	3	1	loc.
l'alexy	Maître Grelot	4	1	7 »
Levavasseur	Major Baitapoil (Le)	3	4	loc.
Bouvet	Major Purjotin (Le)	4	3	loc.
Moyne-Jacoutot	Mamzelle Claudinette d	3	2	loc.
C'ar Nemo-Celval	Mamzelle Culot	troupe	»	loc.
De Lajarte	Mam'zelle Pénélope d	3	1	7 »
De Champclos-Jacquin	Mamz'elle Phryné	3	1	loc.
Fransois	Mandat (Le) d	7	3	loc.
L. Bouvet et Dottin	Mannequin (Le)	3	2	loc.
Jan Pierre et Moreto	Manœuvre électorale	3	»	loc.
Jouhaud	Mariages riches	1	1	8 »
Moniot	Marianne et Jeannot d	1	2	8 »
Tollet-Frot	Marié sans l'être	4	»	3 »
Moreau-Duroc	Maris jaloux (Les)	5	2	loc.
Simiot	Mariés de Nanterre (Les)	1	2	4 »
Beissier-Sciama	Mars et Vénus	3	2	loc.
Moreau Boucherat	Médjidié (Le)	3	1	'oc.
Gresset-Bernard	Méfiez-vous d'Oscar d	3	2	loc.
S. André	Melon (Le) (monologue saynète)	1	»	2 »
Moreau-Darsay	Ménage Poire (Le)	2	2	loc.
Desormes	Menu de Georgette (Le)	3	2	8 »
Ch. Gabet	Mérite des femmes (Le) d	4	4	loc.
Soudant-Moreau	Mimi Vadrouille	troupe	»	loc.
P. Achard et P. de Vitray	Minuit et demi d	1	1	loc.
Lebreton-Moreau	Miss Kissmy d	5	5	loc.
Beissier	Miss Million d	troupe	»	loc.
Mayrargue	Modern Styl	2	2	loc.
Bessier-Moreau	Môme aux Camélias (La) d	troupe	»	loc.
Ressière-Ruffier	Môme aux grands yeux (La) d	8	6	loc.
Chassaigne	Monsieur Auguste d	1	1	3 »
Garnier-Vallès	Monsieur ma belle mère	2	3	loc.
Lebreton-Moreau	Monsieur Sans Gêne d	troupe	»	loc.
Blairat-Nenzillet	Mouche (La) d	5	7	loc.
Moreau-Touzé	Mouche du Coche (La)	4	2	loc.
Joly	Myope et presbyte d	1	1	4 »
Desormes	Nègre de la Porte St-Denis (Le)	3	3	3 »
Dorfeuil-Moreau	Nez de Cyrano (Le) d	troupe	»	loc.
E. Lhuillier	Nez enchanté (Le)	1	1	3 »
Lebreton-Blairat	Ninie la Rouquine d	5	3	loc.
Herpin	Noce à Grospoulot (La)	5	7	loc.
F. Barbier	Noce à Suzon (La)	1	1	4 »
E. Beissière-Noter	Noces du Lamb.ston (Les)	5	2	loc.
L. Collin	Noces d'or (Les)	2	1	5 »
Sachs-Damiens Neuzillet	Nombrikatus 1ᵉʳ D	5	7	loc.
Bouvet-Darantière	Nos bons touristes d	5	4	loc.
Lebreton-Beissier	Nos Marsouins en Chine d	7	4	loc.
Moreau-Gramet	Nos petites Chattes	3	3	loc.
Dorfeuil-Guillemaud-Duharnois	Nos pioupious d	6	4	loc.
Lebreton-Moreau	Nos voisins d	6	6	loc.
V. Roger	Nourrice de Montfermeil (La)	2	3	4 »
Ch. Gabet	Nouvel Achille (Le) (vaud.) d	5	1	loc.
Touré Prud'homme	Nuit de Noces de Beauflanchet	6	4	loc.
Jacobi	Nuit du 15 octobre (La) d	3	1	6 »
A. de Lorde	Old Nubian's Black ! d	1	2	loc.
Rose père	Omelette au lard (L')	4	2	loc.

Vannes. — Imp. Lafolye. — 1901.

AUTEURS	TITRES DES ŒUVRES	Hommes	Femmes	Prix nets
Dédé fils	Oncle et Neveu	3	»	3 »
Louis Bouvet	Oncle Maboulin (L')	4	4	loc.
Marc-Sonal-Grébon	On demande des jolies femmes	6	11	loc.
Bessière-Ruffier	Ordonnance Bezuchet (L')	2	2	loc
St-Paul-G. Rose, fils	Ordonnance malgré lui	3	2	loc.
Berthelot-Roland	Othello chez Thaïs d	4	10	6 »
Pacra Emmecé	Où est le père	8	4	loc.
Dufils	Paille et la Poutre (La)	»	2	6 »
Boulay-Layrice	Palmé D	4	5	loc.
Billemont	Pantalon de Casimir (Le)	1	1	6 »
A. Petit	Par autorité de Justice d	7	9	loc.
Dorfeuil-Moreau	Paris aux Courses d	troupe	»	loc.
Febvre-Grébon	Paris sans tailleurs	7	7	loc.
F. Barbier	Par la fenêtre	1	1	4 »
Lambert-Lebreton	Par la Gymnastique d	2	2	loc.
Henry Moreau	Partie de Campagne d	troupe	»	loc.
Ed. Lhuillier	Pasquinette	1	1	3 »
Bénédit-Jancourt	Pays Vierge (le) d	8	4	loc
Rose, fils	Peintre de talent	2	3	loc.
Moreau-Darsay	Pension Carabin (La)	5	4	loc.
L. Bouvet	Pensionnat St-Amour (Le)	4	4	loc.
Albert Lambert	Père Suroit (Le) d	3	1	loc.
Offenbach-Roques	Péri-Colle (Parodie de Périchole)	2	1	
Lebreton-St-Paul	Péril jaune (Le)	2	2	loc.
Perrault-Maty	Perruche de ma femme (La) d	4	3	loc.
Tréblat-St-Cyr	Personne	2	1	1 »
Bouvet-Schmoll	Petit Assommoir (Le) d	6	6	loc.
L. Collin	Petit Spahi (Le)	3	3	5 »
Lebreton-Moreau	Petite baronne (La) d	6	9	loc.
L. Bouvet-St-Paul	Petite fifi (La)	3	3	loc.
Linas	P'tite bête vit encore (La) d	1	1	4 »
Lebreton-Moreau	Petite colonelle (La) d	7	3	loc.
Gribinski	Petite Etoile	3	2	loc.
Lebreton-Moreau	Petites Menichons (Les) d	troupe	»	loc.
A. Petit	Petits lapins (Les) d	4	9	loc.
Maurey et Jimbu	Petits Trottins (Les) d	5	6	loc.
Lebreton-Moreau	Petits Zouzous (Les)	troupe	»	loc.
J. Clérice	Phrynette d	5	9	loc.
Celval-Tarnenio-Gibard	Pichard	3	2	loc.
André	Picotin (Le)	1	2	loc.
Lebreton-Beissier	Piston de Clémentine (Le)	3	2	loc.
H. Alavoine	Plumechat et Cie d	4	6	loc.
H. Barbé	Plus que 1089 jours	3	»	loc.
F. Barbier	Points jaunes (Les)	1	1	5 »
Desfossez-Piccolini	Pommes d'amour (Les)	6	4	loc.
Cinoh-Verdellet	Pompier d'Endoume (Le)	troupe	»	loc.
Gresset-Bernard-Letorey	Pompier d'Ernestine (Le) d	2	2	loc.
Antigeon-Dourel	Poste restante 222 d	4	3	loc.
F. Barbier	Poupée automate (La)	1	1	5 »
St-Paul-G. Rose, fils	Pour avoir la fille	4	3	loc
Fay	Pour qui le gosse ?	2	3	loc.
Lebreton-St-Paul	Pour qui volait-on ?	4	2	loc.
A. Lambert	Première brouille (La) comédie	»	1	1 »
Couturet	Premières amours d	4	1	loc.
F. Barbier	Premières armes de Parny (Les)	1	3	5 »
G. Rosefils-H. Ryvez	Prestige de l'uniforme (Le)	4	2	loc.
Moreau	Professeur de chant (Le)	1	1	3 »
De Ste-Croix	Pygmalion d	1	2	4 »
Garnier-Héros	Queue du Diable (La) d	troupe	»	loc.
Delilia-Héros	Qui va à la Chasse	2	2	loc.
L. Collin	Qui se dispute s'adore	1	1	3 »
Ch. Lecocq	Rajah de Mysore d	troupe	»	8 »
Villebichot	Réponse du Berger (La)	1	1	4 »
Millou	Repos du dimanche (Le) d	2	1	loc.
Moche	Retour de Colombine (Le)	2	1	4 »
Jacoutot	Retour de Kerdrec (Le)	2	1	4 »
Meugé	Retour de Margotte (Le)	1	1	4 »
L. Collin	Retour de Musette (Le)	1	1	4 »
Antigeon-Dourel	Revanche de Verluisant (La) d	5	2	loc.
Antigeon-Dourel-Maydel	Revenants (Les) d	3	3	loc.
Marsèle-A. de Lorde	Rêves d'un soir	1	1	loc.
St-Paul	Revue interdite	4	4	loc
Guillemaud	Rien des Agences d	3	2	loc.
Lhuillier	Risette	»	1	1 »
Ch. Thony	Robes et Manteaux d	5	9	loc.
F. Chaudoir	Roi Claquette (Le) d	8	3	6 »
Yvel et Briollet	Roi Koku (Le)	troupe	»	
Desormes	Roland furieux	3	1	5 »
L. Desormes	Romance impossible (La)	2	»	2 »
Busnach	Rosière de Valentino (La) d	2	3	loc.
Michiels	Rosière d'Interlaken (La)	1	1	4 »
Ch. Gabet	Ruy Black (v.) d	7	6	loc.
Claments	Saint-Yvon (La) d	2	1	5 »
Ch. Lecocq	Sauvons la caisse d	1	1	6 »
Natrat-Febvre-Bonnamy	Septième Escouade (La) d	8	7	loc.
Darantière-Bouvet	Sergent Sans-Souci (Le) d	6	6	loc.
R. Planquette	Serment de Mme Grégoire (Le)	1	1	8 »
Lebreton-Soudant	Serment du marin (Le) d	4	2	loc.
Lebreton-Moreau	Signe de Léda (Le) d	8	8	loc.
Ouvier	Simone et Boquillon	2	1	5 »
Lebreton-Duroc	Soir de Noce d	4	4	5 »
Maillait	Soirée bourgeoise	2	2	loc.
Leserre	Soirée d'amateurs ... pochade	5	»	1 »
Lebreton-Moreau	Soldat !	5	5	loc.
H. Gilbert	Son Amant	2	1	loc.
Bernard-Gresset	Souffleur par amour d	3	1	loc.
Meyan	Soupirs du cœur	3	2	5 »
Briollet-Tinant	Source merveilleuse	4	2	loc.
Ch. Malo	Souviens-toi de Clémentine	2	1	4 »
Moreau-Darsay	Spiritisme des Familles	4	4	loc.
Tac-Coen	Suxette, Suzanne et Suzon	1	3	loc.
C. Roland et P. Berthelot	Symphonie en Jaune mineur d	1	1	
Levavasseur	Tante d'Amérique (La)	3	3	loc.
Wachs	Tata chez Toto	2	1	4 »
Lempereur et Primard	Témoin (Le)	3	1	loc.
Lambert-Lebreton	Terre-Neuve d	3	5	loc.
Marc Sonal	Théophile	2	1	loc.
Chassaigne	Toc	2	2	loc.
Hervé	Toinette et son carabinier	2	1	5 »
Bessier-de Gorsse	Tonton d	3	3	6 »
Blanchard de la Bretesche	Torero de Lo'otte (Le)	5	5	loc.
Wachs	Totor et Titine	1	1	loc.
Hubans	Tour de Moulinet (Ie) d	2	1	8 »
Bouvet-Febvre	Tournée Cabotin (La)	3	3	loc.
Cartier	Train des Maris (Le)	2	2	4 »
Moreau-Duroc	Tranquil'hôtel	5	4	4 »
Moreau-Darsay	Trente mille francs par an	2	2	loc.
Lebreton-Moreau	Treize jours d'un Parisien (Les) d	troupe	»	loc.
Lebreton-Moreau	Treizième spahis (Le) d	troupe	»	loc.
Ch. Gabet	Trésor des Dames d	2	1	loc.
Lebreton-Moreau	Trio de troupiers d	7	5	loc.
B. Lebreton-J. Lebreton	Trois Cousins (Les) d	5	3	loc.
Lebreton Téramond	Trois Gosses (Les)	4	4	loc.
Bouvet	Trois hercules pour une femme	3	2	loc.
Bessière	Troisième du trois d	6	6	loc.
Lebreton-Moreau	Trois Maçons (Les) d	4	2	loc.
Guillemaud-de Marsan	Truc de Binochet, (Le)	3	2	loc.
Lambert-Lebreton	Truc du Pharmacien (Le)	4	1	loc.
David	Tu l'as voulu d	3	1	6 »
Héros-Jost	Tziganie dans les Ménages (La) d	troupe	»	loc.
Javelot	Un amour d'épicier	2	1	4 »
Bessière	Un attentat au bois	2	2	loc.
Cardet-Lannoy	Un bon ami	2	1	loc.
D. Fay	Un bon tuyau	9	4	loc.
P. Henrion	Un charcutier dans les fers	1	1	4 »
Chassaigne	Un Coq en jupons	1	1	4 »
Banès	Un do malade	2	1	5 »
Wachs	Un domestique pour rire	1	1	4 »
Moreau-Gramet	Un dragon pour deux	3	2	1 »
L. Roy	Un épicier peu commode	4	2	loc.
G. Laurens	Un futur sur le gril	2	1	4 »
Ch. Malo	Un gendre à poigne	2	2	5 »
H. Levavasseur	Un grand criminel	4	2	loc.
Pericaud	Un hercule qui ne veut pas se rouiller	2	1	4 »
St Paul	Un jour d'audace	4	2	loc.
Cambillard	Un mariage à la force du poignet	1	1	3 »
Ch. Malo	Un mariage au flageolet	1	1	4 »
Dauphin	Un mariage en Chine d	4	1	6 »
F. Bernicat	Un mari à l'essai	1	1	4 »
Pericaud	Un mari en grande vitesse	3	1	4 »
Moreau-R. Parault	Un mari somnambule	2	2	loc.
L. Collin	Un mauvais conscrit	2	»	4 »
Blanchard de la Bretesche	Un mois de clou d	3	2	loc.
Chassaigne	Un 1er jour de ménage	1	1	4 »
Mayrargue	Un Sauvetage	3	3	loc.
F. Barbier	Un souper chez Mlle Contat	»	2	5 »
Bernicat	Une aventure de la Clairon	2	2	6 »
Lebreton-Blairat	Une Consultation d	4	3	loc.
Garnier-Vallès	Une Corbeille de Noce	5	3	loc.
E. André	Une drôle de Marquise	2	1	3 »
Claments	Une étoile d'antichambre d	2	1	5 »
Jouhaud	Une femme du quart de monde	2	1	4 »
Villebichot	Une femme qui bégaie d	3	2	6 »
L. Roques	Une femme tombée du Ciel	1	1	5 »
Villebichot	Une fille à trucs	3	1	4 »
Liouville	Une fille en loterie	1	1	4 »
Touzé-Monjardin	Une intrigue chez les Mouchamiel	2	1	loc.
Desormes	Une lune de miel normande	1	1	4 »
L. Collin	Une mariée sans mari	1	1	4 »

AUTEURS	TITRES DES ŒUVRES	Hommes.	Femm.	Prix nets
Ed. Lhuillier. . .	Une marine à la vapeur. . .	1	1	3 »
Desormes . . .	Une mauvaise connaissance.	3	2	5 »
Moreau-Darsay	Une mauvaise nuit	2	2	loc.
Moreau-Dorfeuil. .	Une nuit de Paris d	troupe	»	loc.
Bouvet-G. H. .	Une nuit chez les Grafouillot d . . .	4	3	loc.
Duhem . . .	Une partie à Robinson . . .	2	2	4 »
L. Martin . . .	Une partie de pêche	5	4	loc.
Wachs.	Une pleine eau à Chatou .	2	1	4 »
Bernicat. . . .	Une poule mouillée.	1	1	4 »
Lebreton-St-Paul . .	Une Rosserie.	2	2	loc.
De Paniagua. .	Une sale Histoire d	3	2	loc.
Chassaigne. . .	Une table de café.	2	»	4 »
Robillard. . . .	Une tempête conjugale.. . .	1	1	4 »
Liger-Aubrun .	Urticaire (L').	4	1	loc.
Habrekorn-Latourette. .	Vache à Palu (La) d . . .	4	1	loc.
R. Planquette.	Valet de cœur (Le)	1	1	4 »
St-Paul	Vase de Soissons (Le) . . .	3	2	loc.
J. Walter . . .	Végétariens (Les) d	7	2	loc.
Robillard. . . .	Vengeance de Ramolli (La).	2	1	4 »

AUTEURS	TITRES DES ŒUVRES	Hommes.	Femm.	Prix nets
L. Roques . . .	Vénus infidèle (intérêt de mars) d .	1	2	4 »
Autigeon. . . .	Vie de garçon (La) d . . .	6	3	loc.
Lebreton-Moreau .	Vierges du chahut (Les) d . .	5	0	loc.
Bouvet-Arribat.	Vieux, le Melon et le Rat (Le) .	4	3	loc.
Desgranges. . .	Vieux Sorcier (Le) d	3	2	6 »
—	Villa des Gaffes (La). d . . .	»	»	loc
Lebreton-St-Paul. .	Vingt-cinq minutes d'arrêt .	2	2	loc.
Burani-Planquette.	Vingt-huit jours de Champignolette d	6	4	loc.
Vallès-Talber.	Vingt-huit jours de Gorenflot (Les).	7	3	loc.
Ratcée-Bordeaux	Vive la Classe d	6	8	loc.
Normand-Vallès	Vive les Bleus.	7	4	loc.
Lebreton-Moreau .	Vocation d'Isoline (La) . . .	1	2	5 »
Iacobi	Voilà l'plaisir, mesdames . .	1	1	4 »
Ch Hubans . .	Voiture à vendre d	2	»	4 »
Lebreton-Moreau .	Volontaire de 92 (Le) d . . .	7	2	4 »
Tac-Coen . . .	Volontaire et vivandière. . .	1	1	4 »
P. Talber-Delattre	Volupté des dames (La) . . .	4	3	loc.
Guy-Nory-Marius .	Zidore d	6	7	loc.

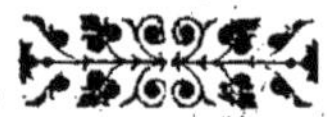

www.ingramcontent.com/pod-product-compliance
Ingram Content Group UK Ltd.
Pitfield, Milton Keynes, MK11 3LW, UK
UKHW021718090726
13657UKWH00005B/2325